ALAN
WATTS

TOD

ALAN WATTS

TOD

**BAND 4
DER ILLUSTRIERTEN SERIE
DIE ESSENZ
VON ALAN WATTS**

SPHINX VERLAG
BASEL

ÜBERTRAGUNG AUS DEM ENGLISCHEN
VON THOMAS MEYER

FOTOGRAFIEN
VON MIKE POWERS
UND MARIA DEMAREST

FOTO VON ALAN WATTS
VON MARGO MOORE

1977
©1977 SPHINX VERLAG BASEL
Alle deutschen Rechte vorbehalten
Titel der Originalausgabe: Death
Titel der Originalserie: The Essence of Alan Watts
© 1975 by Celestial Arts, California, USA
Gestaltung: Geri Tschopp
Satz und Druck:
Basler Druck- und Verlagsanstalt, Basel
Buchbinder: H. + J. Schumacher AG, Bern
Printed in Switzerland
ISBN 3-85914-113-9

WER SOLL DENN DA ANGST HABEN.
ANGENOMMEN, ALLES SEI ZU ENDE –
SCHLUSS MIT DEN PROBLEMEN!

Der Gedanke an den Tod hat von jeher eine Faszination auf mich ausgeübt; soweit ich mich zurückerinnern kann, von frühester Kindheit an. Sie sind vielleicht der Ansicht, dass dies leicht morbid ist, aber wenn ein Kind des Nachts den Satz sagt: **Wenn ich nun sterben sollte, bevor ich wieder aufwache,** so ist etwas ausserordentlich Sonderbares an dieser Sache. Wie wäre es, schlafen zu gehen und nie mehr aufzuwachen? Die meisten vernünftigen Leute weisen eine solche Möglichkeit einfach von der Hand. Sie sagen: «Sowas kann man sich doch nicht vorstellen»; sie zucken die Achseln und meinen: «Nun, das wär's».

Nun bin ich aber leider einer dieser widerborstigen Menschen, die sich mit einer solchen Antwort nicht zufriedengeben. Nicht dass ich etwa versuchte, etwas Anderes dahinter zu suchen, aber die Frage, wie es wäre, sich schlafen zu legen und nie mehr aufzuwachen, lässt mich einfach nicht mehr los. Viele Menschen glauben, das hiesse, sich für immer ins Dunkel zu begeben oder lebendigen Leibes begraben zu werden. Selbstverständlich wäre es mit nichts derartigem vergleichbar! Denn wir kennen das Dunkel durch den Vergleich – und nur durch den Vergleich – mit dem Licht.

Ich bin mit einem Mädchen befreundet, das sehr intelligent ist und sich mit grosser Gewandtheit ausdrückt. Es wurde blind geboren und kann sich nicht die leiseste Vorstellung davon machen, was Dunkelheit ist. Dieser Ausdruck sagt ihm ebensowenig wie das Wort Licht. Genauso ergeht es auch Ihnen; Sie sind sich keiner Dunkelheit bewusst während Sie schlafen.

Falls Sie schlafen gingen, in einen Zustand des immerwährenden Unbewusstseins treten würden, so bedeutete dies keineswegs, sich ins Dunkle zu begeben; es wäre nicht im geringsten damit vergleichbar, lebendigen Leibes begraben zu werden. In Wirklichkeit wäre es, wie wenn Sie nie existiert hätten! Und nicht nur Sie selbst, sondern auch alles Übrige. In diesem Zustand wären Sie, wie wenn Sie nie existiert hätten. Und natürlich gäbe es da keine Probleme, es wäre niemand vorhanden, der den Verlust von irgend etwas beklagen könnte. Es könnte nicht einmal eine Tragödie genannt werden, denn es gäbe niemanden, der es als Tragödie erfahren könnte. Es wäre einfach ein Gar-rein-Nichts. Für immer und nimmer. Denn Sie würden nicht nur keine Zukunft, Sie würden auch keine Vergangenheit und keine Gegenwart haben.

Sie werden mittlerweile wohl denken: «Reden wir doch von etwas Anderem.» Aber damit bin ich nicht zufrieden, denn ich muss dabei an zwei weitere Dinge denken. Erstens bringt mich der Zustand des Nichtseins auf den Gedanken, dass das einzige, was dem Nichtsein innerhalb meiner Erfahrung nahekommt, die Ansicht ist, die mein Kopf meinen Augen bietet. Ich scheine das Gefühl zu haben, dass sich dort draussen eine Welt befindet, die meinem Auge gegenübersteht, doch dann ist hinter meinem Auge kein schwarzer Fleck, nicht einmal ein verschwommener Fleck da. Es ist überhaupt nichts da! Ich habe kein Bewusstsein von meinem Kopf als einem, sagen wir, schwarzen Loch inmitten all dieser leuchtenden visuellen Wahrnehmungen, die nicht einmal sehr scharfe Ränder aufweisen. Das Sehfeld hat die Form eines Ovals und hinter diesem Sichtoval befindet sich absolut nichts. Natürlich kann ich, wenn ich die Finger zu Hilfe nehme, etwas berühren, das hinter meinen Augen liegt; mache ich nur vom Sehsinn Gebrauch, so ist schlichtweg nichts anzutreffen. Und doch, aus dieser Leere heraus sehe ich.

Die andere Sache, an die ich dabei denken muss, ist, dass ich nach meinem Tode bin, als wäre ich nie geboren worden, und dies ist der Zustand, in dem ich vor meiner Geburt war. So wie ich beim Versuch, hinter meine Augen zu gehen, um herauszufinden, was ich dort antreffe, auf eine Leere stosse, so bleibt beim Versuch, in der Erinnerung immer weiter und weiter zurückzugehen, bis zu meinen frühesten Erinnerungen und darüber hinaus – Nichts, vollkommene Leere. Aber gerade so wie ich weiss, dass sich etwas hinter meinen Augen befindet, indem ich die Finger zu Hilfe nehme und den Kopf betaste, so weiss ich durch andere Informationsquellen, dass schon vor meiner Geburt etwas im Gang war. Da waren mein Vater und meine Mutter und ihre Väter und Mütter und die gesamte materielle Umgebung der Erde und deren Leben, aus dem sie hervorgingen, und dahinter das Sonnensystem und hinter dem Sonnensystem die Milchstrasse und dahinter alle Milchstrassen und hinter diesen – wiederum leerer Raum. Ich überlege mir, ob ich mich, wenn ich nach meinem Tod in den Zustand zurückkehre, in dem ich mich befand, bevor ich geboren wurde, nicht noch einmal ereignen könnte?

Was sich einmal ereignet hat, kann sich ohne weiteres wieder ereignen. Wenn es sich einmal ereignet hat, ist das etwas Aussergewöhnliches, und es ist eigentlich nicht viel aussergewöhnlicher, wenn alles nochmals von vorne anfängt. Es steht fest, dass ich Menschen habe sterben sehen und dass ich gesehen habe, wie nach ihnen andere Menschen geboren wurden. Nach meinem Tod wird also nicht nur ein einziges anderes Wesen geboren, Myriaden von anderen Wesen werden geboren werden. Das ist uns allen bekannt; es besteht kein Zweifel darüber. Was uns beunruhigt ist die Möglichkeit, es könnte nach unserem Tod für immer gar rein nichts geben, als ob dies etwas wäre, worüber man sich beunruhigen könnte. Vor Ihrer Geburt war das gleiche immerwährende Gar-rein-Nichts vorhanden, und doch haben Sie sich ereignet. Wenn Sie sich einmal ereignet haben, können Sie sich auch ein weiteres Mal ereignen.

Was bedeutet das nun aber? Um die Sache in der allereinfachsten Weise zu betrachten und um der Deutlichkeit halber muss ich ein neues Verb erfinden. Es ist das Verb **Ichen.** Das Universum **icht.** Es hat in mir **geicht** und es **icht** in Ihnen. In jedem einzelnen von uns kommt es zum Bewusstsein seiner selbst, wobei es mit **Ichen** fortfährt, und jedesmal, wenn es **icht,** hat jeder von uns, in dem es **icht,** das Gefühl, der Mittelpunkt der ganzen Sache zu sein. Ich weiss, dass Sie sich als Ich empfinden, genauso wie ich mich als Ich empfinde. Wir alle haben denselben Hintergrund aus nichts, wir erinnern uns bloss nicht daran, es bereits einmal zustandegebracht zu haben, und doch ist es zuvor wieder und wieder zustandegebracht worden, und nicht zur zeitlich zuvor, denn auch in unserer gesamten räumlichen Umgebung ist jedermann, ist das ganze Universum dabei, zu **ichen.**

Ich möchte versuchen, dies etwas klarer zu machen, indem ich sage, es ist das Universum, das **icht.** Wer **icht?** Was soll mit **Ichen** gemeint sein? Zweierlei kommt hier in Betracht. Zunächst kann sich der Ausdruck auf Ihr Ego, Ihre Persönlichkeit beziehen. Aber dies ist nicht Ihr wirkliches **Ichen,** denn Ihre Persönlichkeit ist die Vorstellung, die Sie von sich selbst haben, Ihr Bild von sich selbst, und dieses beruht darauf, wie Sie sich fühlen, wie Sie über sich selbst denken, wobei all das hinzukommt, was Ihnen Freunde oder Verwandte über Sie gesagt haben. Deshalb ist das Bild, das Sie von sich selbst haben, offensichtlich genausowenig Sie selbst wie Ihr Foto Sie selbst ist, oder genausowenig, wie das Bild **irgendeiner Sache** die Sache **ist.** Sämtliche Bilder, die wir von uns haben, sind nichts weiter als Karikaturen. Für kaum jemanden unter uns enthalten sie irgendwelche Informationen darüber, wie wir unser Gehirn entwickeln, unsere Nerven empfinden lassen, unser Blut in Umlauf bringen, wie wir mit unseren Drüsen Sekrete absondern oder unsere Knochen bilden. Das ist nicht in der Wahrnehmung des Bildes, das wir Ego nennen, mitenthalten, und deshalb ist das Ego natürlich nicht mein Selbst.

All die Dinge, die mein Körper zustande bringt, wie die Blutzirkulation, die Atmung, die elektrische Nerventätigkeit, sind in meinem Selbst enthalten, all das bin ich selbst, aber ich weiss nicht, wie dies aufgebaut ist. Und dennoch tue ich all dies. Es ist wahr zu sagen: Ich atme, ich gehe, ich denke, ich habe Bewusstsein – ich weiss nicht, auf welche Weise ich dazu imstande bin, aber ich tue es in der gleichen Weise, wie ich mein Haar wachsen lasse. Ich muss das Zentrum meiner Selbst, mein **Ichen** auf einer tieferen Ebene ansiedeln als das Ego, welches mein Bild oder meine Vorstellung von mir selbst ist. Aber wie tief müssen wir gehen?

Wir können sagen, der Körper ist das **Ich,** aber der Körper geht aus dem übrigen Universum, geht aus all dieser Energie hervor – somit ist es das Universum, das **icht.** Das Universum **icht** in derselben Weise, in der ein Baum apfelt oder ein Stern scheint, und der Mittelpunkt des Apfelns ist der Baum und der des Scheinens der Stern, und so ist der grundlegende Ich-Mittelpunkt des **Ichens** das ewige Universum oder ewige Etwas, das seit zehntausend Millionen Jahren existiert und vermutlich für eine mindestens ebensolange Zeitspanne fortdauern wird. Wir beschäftigen uns nicht mit der Frage, wie lange es weiterbestehen wird, sondern damit, dass es immer wieder **icht,** so dass es vollkommen vernünftig ist, anzunehmen, dass, wenn sich der physische Körper mit dem gesamten Gedächtnissystem bei meinem Tod verflüchtigt, das Bewusstsein, das ich früher hatte, nochmals von vorne anfangen werde, nicht in genau derselben Art, sondern als das Bewusstsein, das ein Baby bei seiner Geburt hat.

Natürlich werden Myriaden von Babies geboren werden, nicht nur menschliche Babies, sondern auch Frosch-Babies, Kaninchen-Babies, Fruchtfliegen-Babies, Virus-Babies, Bakterien-Babies – und welches von ihnen werde ich sein? Nur eines und doch auch jedes von ihnen – die Erfahrung wird gleichzeitig immer nur mit einem von ihnen gemacht – aber sicherlich eines von ihnen. Im Grunde kommt es gar nicht so sehr darauf an, denn wenn ich als eine Fruchtfliege wiedergeboren würde, so würde ich es für den natürlichen Gang der Dinge ansehen, eine Fruchtfliege zu sein, und selbstverständlich würde ich mich für eine wichtige Persönlichkeit, für ein hochkultiviertes Wesen halten, denn Fruchtfliegen haben natürlich eine hohe Kultur. Wir sind nicht einmal in der Lage, so etwas in Betracht zu ziehen. Aber höchstwahrscheinlich kennen Fruchtfliegen die verschiedensten Formen von Symphonien und Musik und künstlerische Darbietungen in der Art und Weise, wie sich das Licht an ihren Flügeln bricht, wie sie in der Luft tanzen und dabei sagen: «Oh, schau dir das an, die hat wirklich Stil, schau, wie sich das Sonnenlicht in ihren Flügeln spiegelt.» Sie halten sich in ihrer Welt für ebenso bedeutende und gebildete Wesen, wie wir dies in der unsrigen tun. Wenn ich also einmal als Fruchtfliege erwachen sollte, so käme ich mir überhaupt nicht anders vor, als wenn ich als menschliches Wesen erwache. Ich wäre es gewohnt.

Nun, Sie werden einwenden: «Das wäre nicht Ich! Denn wenn ich es wieder wäre, so müsste ich mich daran erinnern, wie ich zuvor war.» Stimmt, aber Sie vergessen dabei, dass Sie nicht wissen, wie Sie früher waren, und trotzdem sind Sie vollkommen damit zufrieden, das Ich zu sein, das Sie sind. In Wirklichkeit ist es in unserer Welt eine wohlfundierte Einrichtung, dass wir uns nicht daran erinnern können, wie es früher war. Weshalb? Weil Abwechslung das Leben reich macht, und wenn wir uns wieder und wieder daran erinnern würden, dies wieder und wieder zustandegebracht zu haben, würden wir uns langweilen. Um eine Gestalt sehen zu können, brauchen Sie einen Hintergrund; damit das Gedächtnis von Nutzen sein kann, ist auch ein **Vergessnis** vonnöten. So schlafen wir jede Nacht, um uns wieder aufzufrischen; wir begeben uns ins Unbewusste, so dass es jedesmal eine aufregende Sache ist, wieder ins Bewusstsein zurückzukehren.

Tag für Tag erinnern wir uns an die Tage, die verflossen sind, obgleich der Intervall des Schlafs dazwischenliegt. Schliesslich kommt einmal der Zeitpunkt, in dem wir, wenn wir unserer wahren Bedürfnisse innewerden, alles, was bisher geschehen ist, vergessen wollen. Dann können wir die ausserordentliche Erfahrung machen, die Welt erneut aus den Augen eines Babies – von welcher Art auch immer – anzuschauen. Es wird eine völlig neue Welt sein, und wir werden das ganze unerhörte Staunen eines Kindes teilen, die ganze Lebendigkeit seines Wahrnehmens, die uns fehlte, wenn wir uns für immer an alles erinnern würden.

Das Universum ist ein System, das sich vergisst und sich dann erneut wieder seiner selbst erinnert, so dass es innerhalb einer Zeitspanne fortwährend Veränderung und Abwechslung gibt. Dies tut es auch in einer Raumspanne, indem es sich in all den verschiedenen lebenden Organismen – die eine Art Rundsicht vermitteln – selbst betrachtet.

Das ist eine Art, sich von Vorurteilen und von einer einseitigen Sicht zu befreien. In diesem Sinne ist der Tod eine einzigartige Befreiung von der Monotonie. In einem rhythmischen An-Ab-An-Ab-Prozess setzt er allem ein Ende totalen Vergessens, so dass man wieder von vorne anfangen kann, ohne sich jemals zu langweilen. Der springende Punkt dabei ist nun, dass, wenn Sie sich mit der Vorstellung befreunden können, für immer und ewig nichts zu sein, Sie in Wirklichkeit sagen: **Sobald ich tot bin, kommt das Universum zum Stillstand,** während ich dagegen sage, dass es **weiterhin in Gang bleibt,** genauso wie es in Gang blieb, als Sie geboren wurden. Sie mögen es für etwas Unglaubliches halten, mehr als ein Leben zu haben, aber ist es nicht bereits unglaublich, dass Sie dieses eine haben? Das ist doch erstaunlich! Und es kann wieder und wieder geschehen!

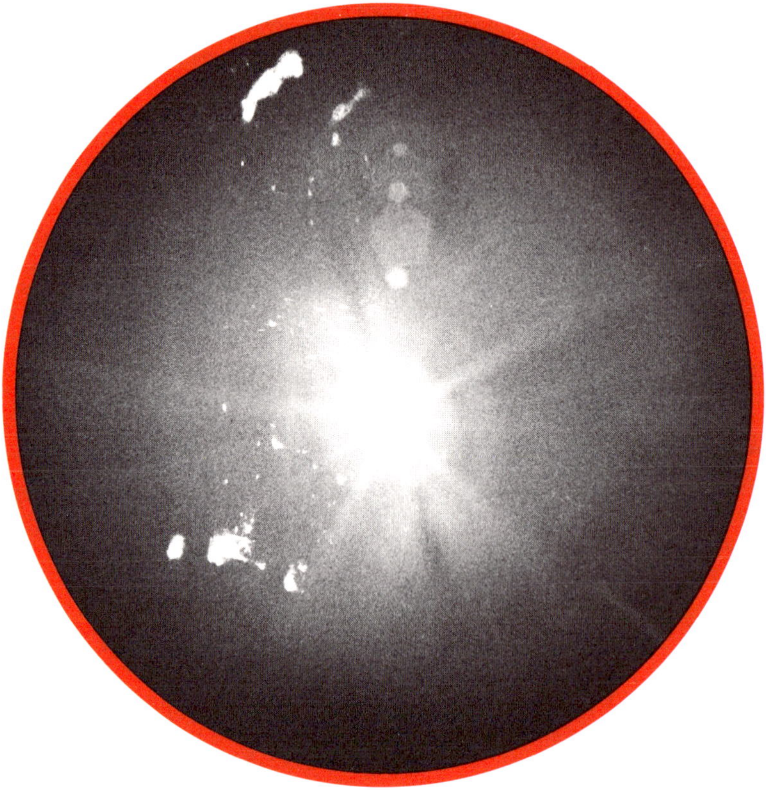

Ich will damit also sagen, dass, weil Sie nicht wissen, wie Sie Ihr Bewusstsein zustandebringen, wie Sie Wachstum und Bildung Ihres Körpers zustandebringen, dies nicht bedeutet, dass Sie es nicht doch tun. Und wenn Sie genausowenig wissen, wie das Universum die Sterne zum Leuchten bringt, die Konstellationen konstelliert und die Galaxien galaktifiziert – so wissen Sie es eben nicht, aber das heisst nicht, dass es nicht von Ihnen getan wird, genau so wie Sie atmen, ohne ohne zu wissen, wie.

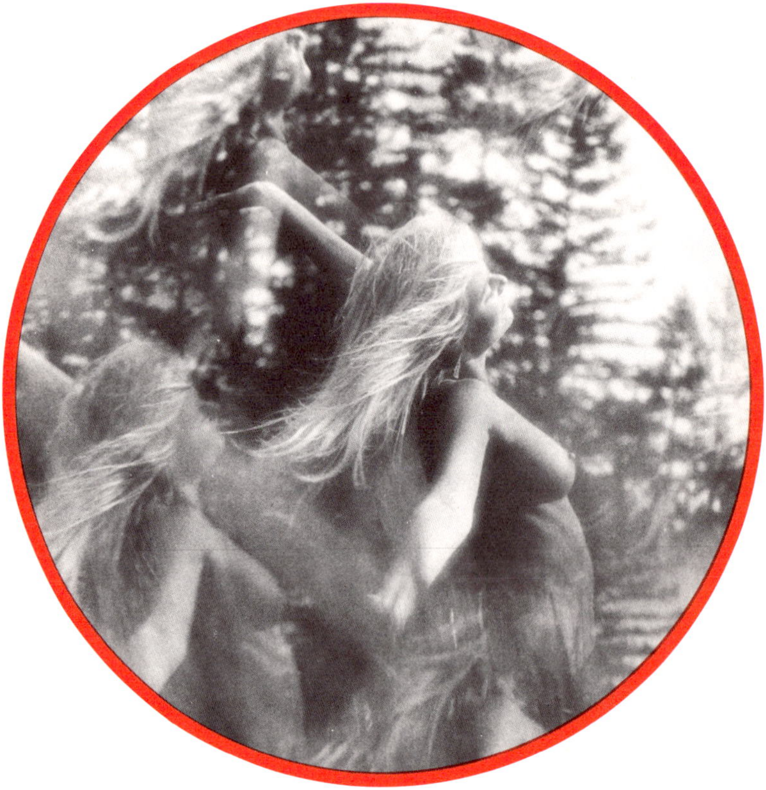

Wenn ich allen Ernstes sage, dass ich dieses ganze Universum sei oder dass dieser bestimmte Organismus ein **Ichen** sei, das vom ganzen Universum ausgeführt wird, so könnte mir jemand entgegenhalten: «Für wen zum Teufel hältst du dich eigentlich? Bist du vielleicht Gott? **Erwärmst du die Milchstrassen? Kannst du der Plejaden milde Einflüsse festbinden, Orions Bande lockern?**» Und ich antworte: «Für wen zum Teufel hältst denn du dich eigentlich? Kannst du mir sagen, wie du dein Gehirn entwickelst, wie du die Augäpfel formst und wie du es fertig bringst, zu sehen? Nun, wenn du mir das nicht sagen kannst, so kann ich dir leider auch nicht sagen, wie ich die Milchstrasse erwärme. Nur habe ich das Zentrum meiner Selbst auf einer tieferen und universelleren Ebene angesiedelt, als wir es in unserer Kultur zu tun pflegen.»

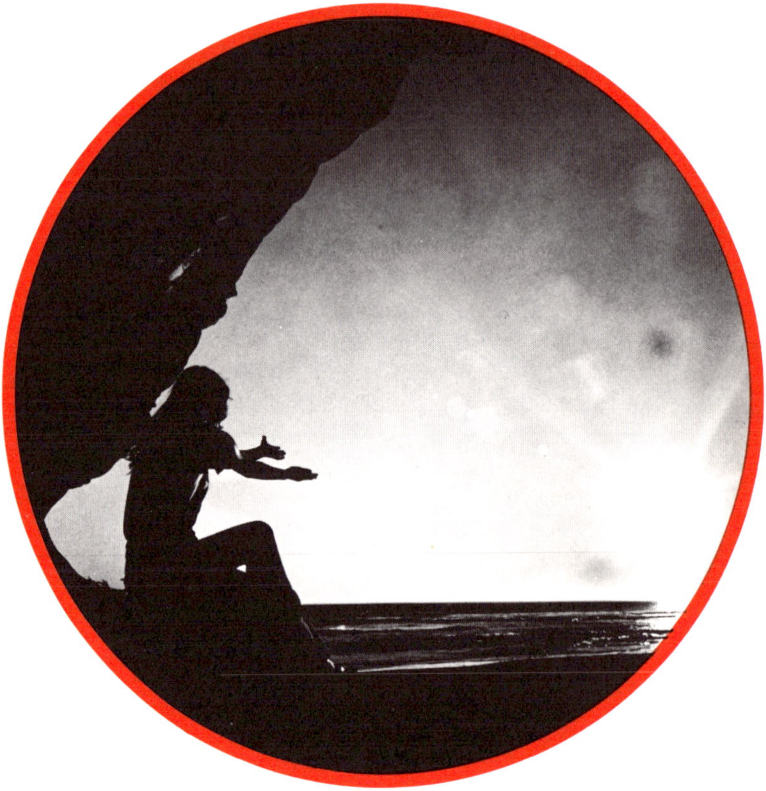

Wenn nun also diese universelle Energie das wirkliche Ich, das wirkliche Selbst ist, das in Form verschiedener Organismen **icht** und dies zu verschiedenen Zeiten und an verschiedenen Orten immer wieder geschieht, so sehen wir ein wunderbares System in Gang, in welchem man immer wieder von neuem überrascht werden kann. Das Universum ist wirklich ein System, das sich unaufhörlich selbst überrascht.

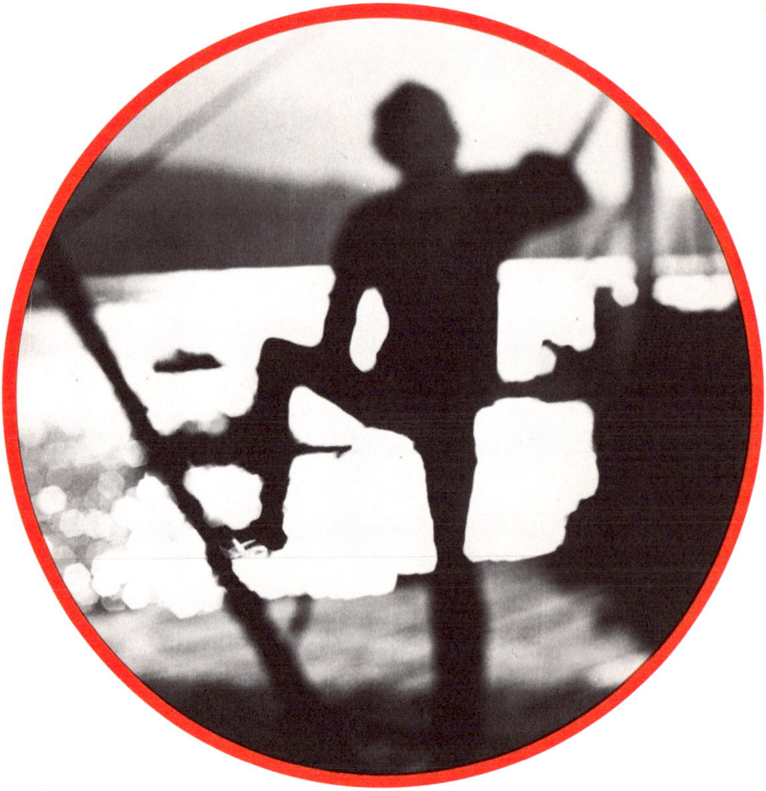

Viele Menschen verspüren den Drang, vor allem in einem Zeitalter der technologischen Fähigkeiten, alles unter Kontrolle zu haben. Dies ist ein falscher Drang, denn man muss sich bloss einmal für einen kurzen Moment vorstellen, was es bedeuten würde, wirklich alles zu wissen und unter Kontrolle zu haben. Angenommen, wir verfügten über eine ungeheure Technologie, mit der wir unsere verrücktesten Träume technologischer Weltbeherrschung wahrmachen könnten, so dass alles Zukünftige im voraus bekannt wäre und vorausgesagt würde und sich alles in unserer Kontrolle befände. Ach, warum auch, es wäre das Gleiche, wie mit einer Frau aus Plastik zu schlafen! Es wäre keine Überraschung dabei, es gäbe keine plötzliche Antwort in Form einer Berührung wie die Berührung eines anderen menschlichen Wesens. Da kommt eine Antwort zurück, etwas Unerwartetes, und das ist genau das, was wir im Grunde wollen.

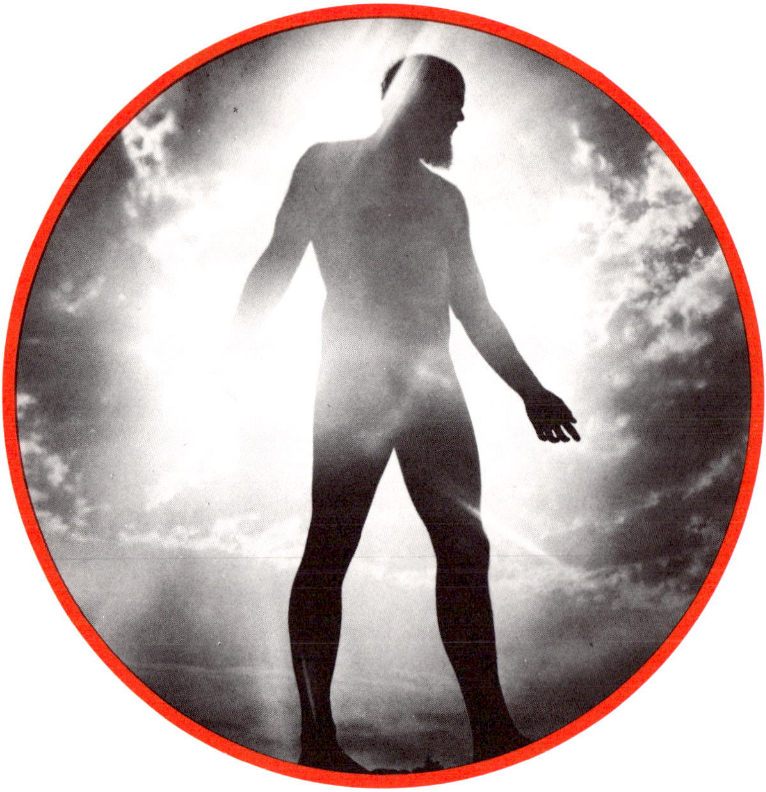

Man kann das sogenannte Selbst-Gefühl nicht erfahren, ohne dass es sich vom Gefühl für etwas Anderes abhebt. Es ist wie mit bekannt und unbekannt, Licht und Dunkel, positiv und negativ. Will man sich als ein Selbst erfahren, so muss notwendigerweise auch anderes vorhanden sein. Ist das nicht genau die Einrichtung, die wir uns wünschen? Und könnten wir nicht geradesogut sagen, dass die gewünschte Einrichtung das Nicht-Erinnern ist? Denken Sie daran, das Gedächtnis ist immer eine Form von Kontrolle: **Ich habe es im Sinn, ich kenne deine Masche, du bist unter Kontrolle.** Am Ende will man diese Kontrolle doch los sein.

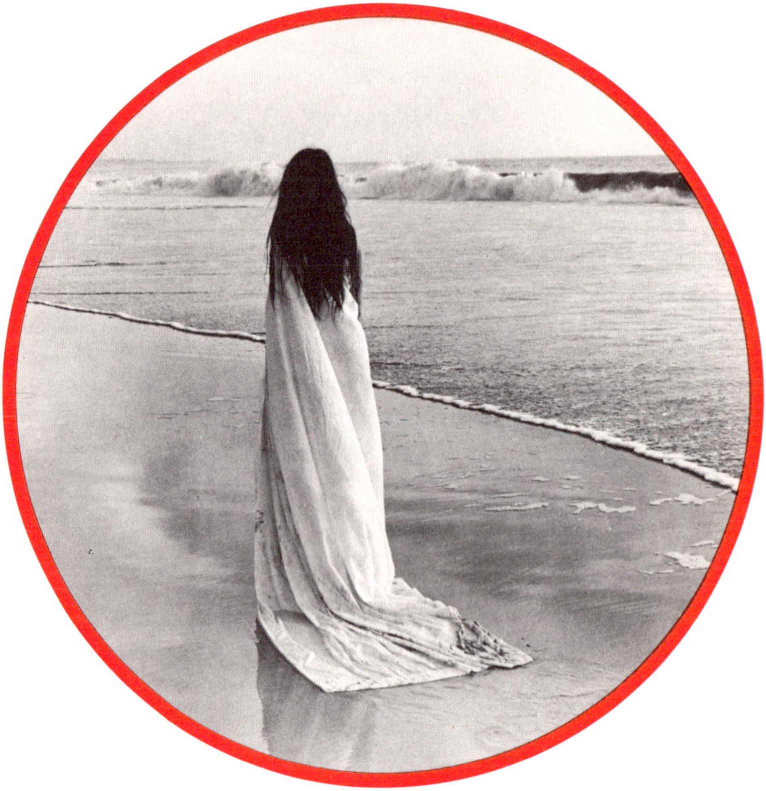

Wenn Sie nun damit fortfahren, sich immer und immer wieder von neuem zu erinnern, so ist es dasselbe, wie wenn Sie ein Stück Papier beschreiben und schreiben und schreiben, bis auf dem Papier kein Platz mehr übrigbleibt. Ihr Gedächtnis ist vollgeschrieben und Sie müssen es wieder leerwischen, um von Neuem etwas hineinschreiben zu können.

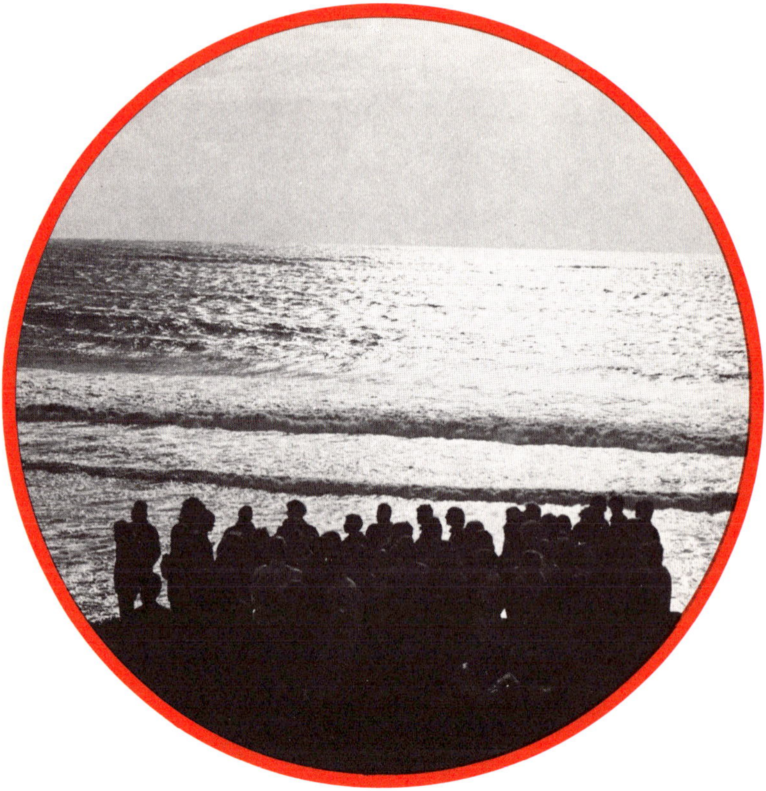

Genau das tut der Tod für uns: er wischt die Tafel sauber und, wenn man die auf dem Planeten lebende Bevölkerung und den menschlichen Organismus in Betracht zieht, wischt er damit zugleich auch uns selbst weg! Eine Technologie, die jedermann mit der Fähigkeit der Unsterblichkeit ausstattete, würde den Planeten in zunehmendem Masse überfüllen, mit Menschen mit hoffnungslos überfüllten Gedächtnissen. Sie wären wie Leute, die in einem Haus wohnten, in dem sie soviele Besitztümer, soviele Bücher, soviele Vasen, soviele Messer- und Gabelbestecke, soviele Tische und Stühle angehäuft hätten, dass nirgends genügend Raum übrigbliebe, um umherzugehen.

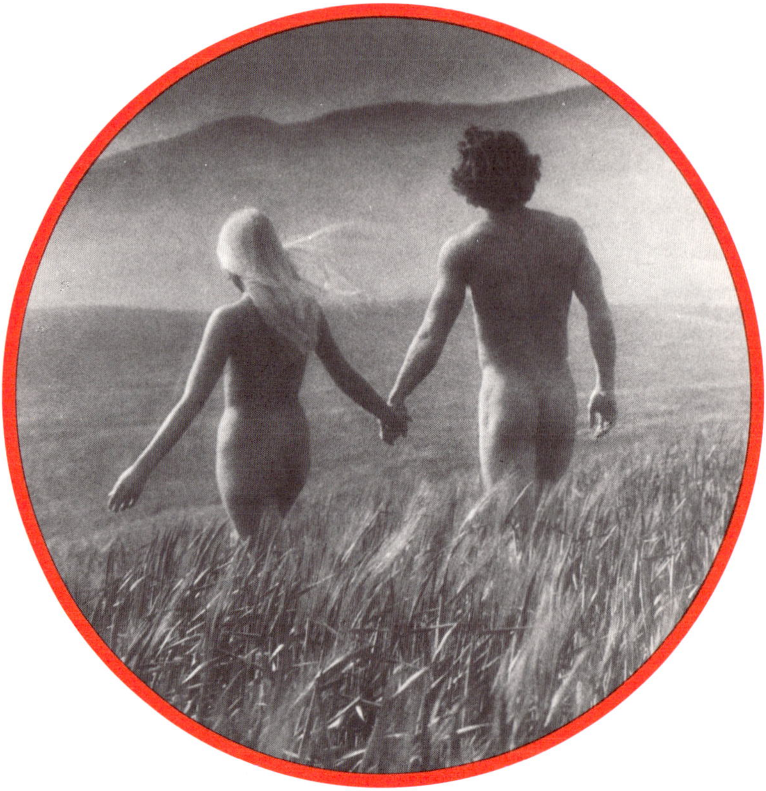

Um zu leben, benötigen wir Raum, und Raum ist eine Art von Nichtsein, und Tod ist eine Art von Nichtsein – genau dasselbe Prinzip. Und dadurch, dass wir Zwischen-Räume von Nichts, Räume von **Raum** in die Räume von **Etwas** schieben, wird das Leben auf die richtige Art aus-geräumt. Das Wort Lebensraum bedeutet «Raum zum Leben», und das ist, was der Raum uns gibt, und das ist, was der Tod uns gibt.

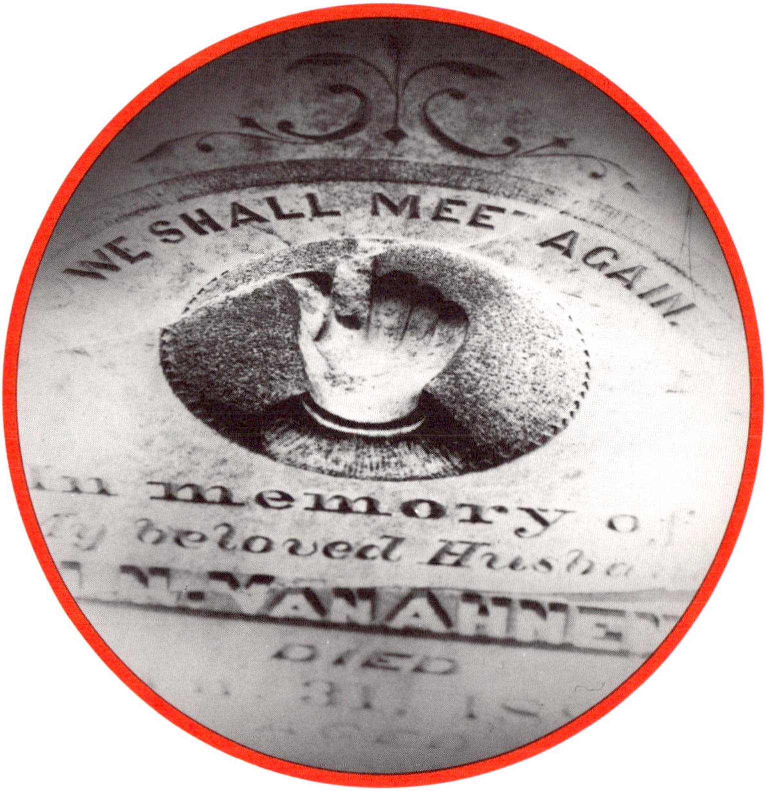
WE SHALL MEE AGAIN.
memory
beloved Husba
VAN AHNE
DIED

Beachten Sie, dass ich in nichts, was ich über den Tod gesagt habe, etwas hineingebracht habe, was ich als Aberglauben bezeichnen könnte. Ich habe keine Informationen über irgendetwas, das Sie nichts bereits kennen, herbeigezogen. Ich habe keinerlei mysteriöses Wissen von Seelen, von einer Erinnerung an frühere Leben oder dergleichen heraufbeschworen; ich habe einfach in solchen Begriffen über ihn gesprochen, die uns bereits geläufig sind. Falls Sie der Ansicht sind, dass die Vorstellung von einem über das Grab hinausreichenden Leben nichts weiter als Wunschdenken sei, so schliesse ich mich dem an.

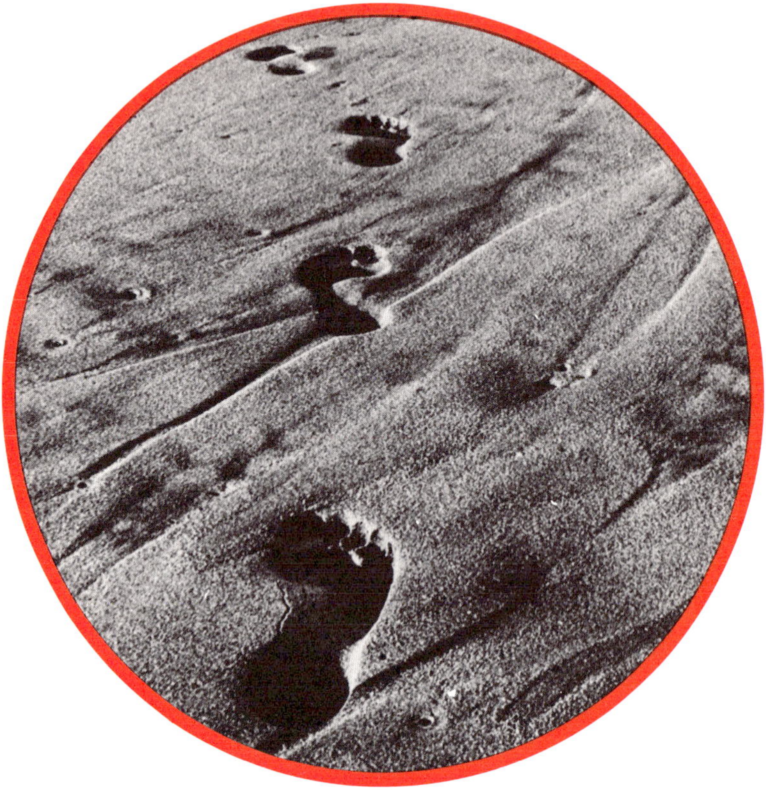

Angenommen, es handelt sich um ein Wunschdenken, angenommen, nach dem Tod wäre alles aus. Das wäre das Ende. Beachten Sie dabei vor allem, dass dies das Schlimmste ist, was man zu befürchten hat. Macht es Ihnen Angst? Wer soll denn da Angst haben. Angenommen, alles sei zu Ende – Schluss mit den Problemen. Aber wenn Sie meinen Überlegungen gefolgt sind, werden Sie zur Einsicht gelangen, dass dieses Nichts etwas ist, von dem Sie wieder zurückschnellen werden, genauso wie Sie einst, als Sie geboren wurden, hineingeschnellt sind. Sie sind aus dem Nichts geschnellt. Nichtsein ist mit einem jähen Hervorschnellen vergleichbar, denn es beinhaltet, dass Nichts etwas beinhaltet. Sie schnellen wieder zurück, vollkommen anders, in nichts mit etwas Früherem vergleichbar, ein erfrischendes Erlebnis.

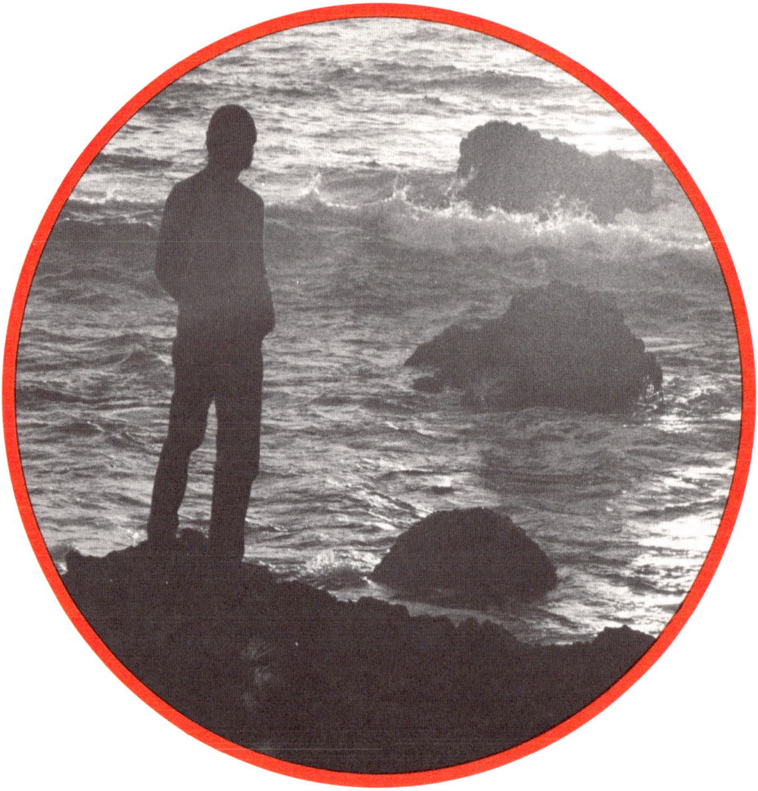

Man bekommt diesen Sinn des Nichts, so wie man einen Sinn für das Nichts hinter den Augen hat, für dieses äusserst kraftvolle lebendige Nichts, das unserem ganzen Wesen zugrundeliegt. Es gibt nichts in diesem Nichts, wovor man Furcht haben müsste. Mit diesem Sinn können Sie Ihr übriges Leben wie eine Zugabe behandeln, denn Sie sind bereits gestorben: Sie wissen, dass Sie sterben werden.

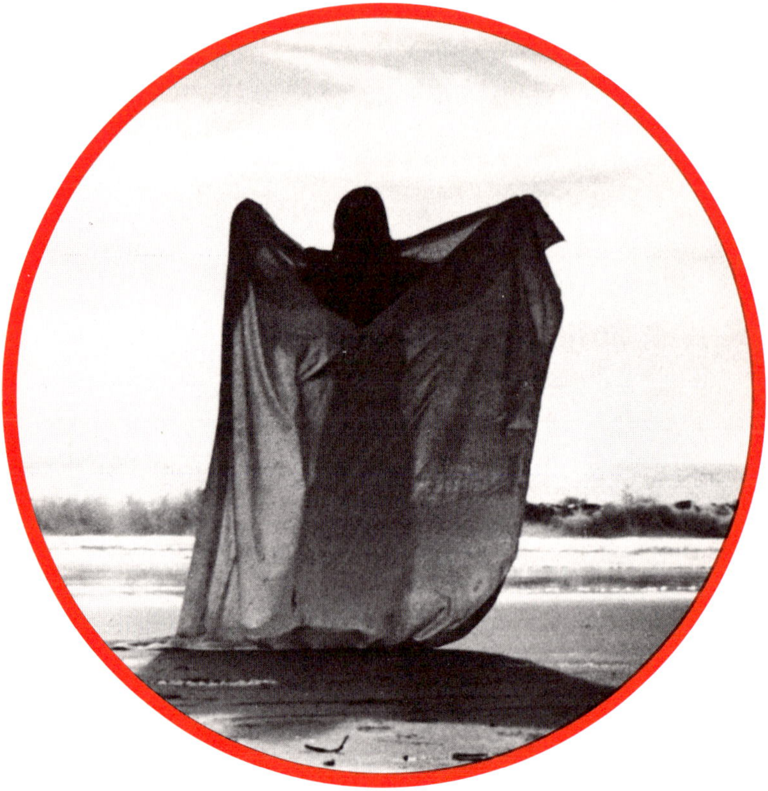

Man sagt, das einzig Gewisse seien die Steuern und der Tod. Und es ändert nichts an der Gewissheit des Todes, ob er in diesem Moment eintreten würde oder ob wir von diesem Moment an erst in fünf Minuten sterben sollten. Wo bleibt nun Ihre Angst? Was macht Ihnen zu schaffen? Betrachten Sie sich als bereits gestorben, so dass Sie nichts zu verlieren haben. Ein türkisches Sprichwort meint: «Wer auf dem Boden schläft, fällt nicht aus dem Bett.» Und genau gleich verhält es sich mit einem Menschen, der sich als bereits gestorben betrachtet.

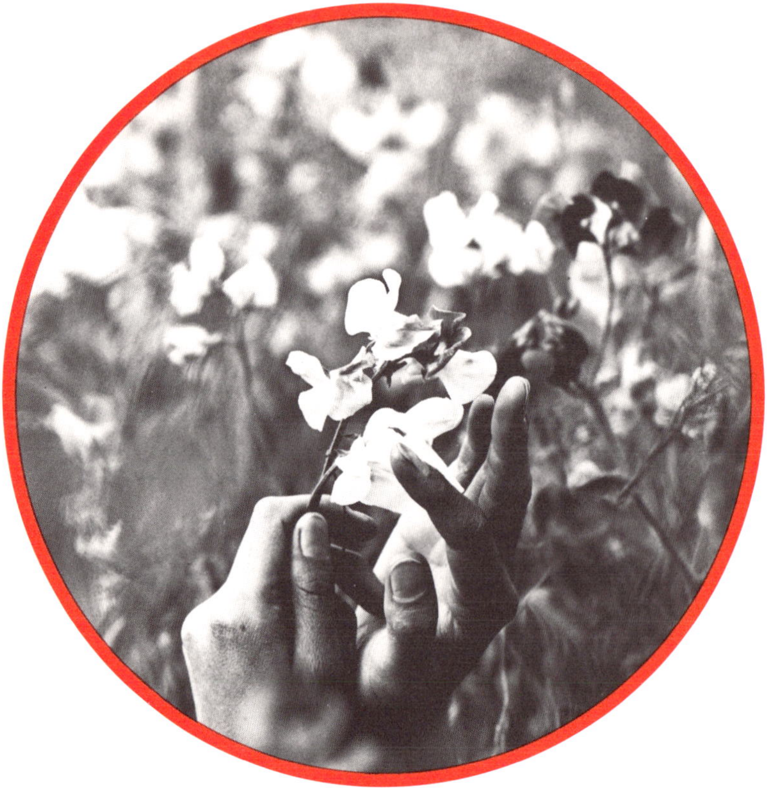

Somit sind Sie eigentlich nichts. In hundert Jahren werden Sie eine Handvoll Staub sein, und das wird eine Tatsache sein. Schön, nun richten Sie sich nach dieser Tatsache. Und daraus ergibt sich... nichts. Sie werden sich plötzlich selbst überraschen: je mehr Sie wissen, dass Sie nichts sind, um so mehr wird sich etwas aus Ihnen ergeben.

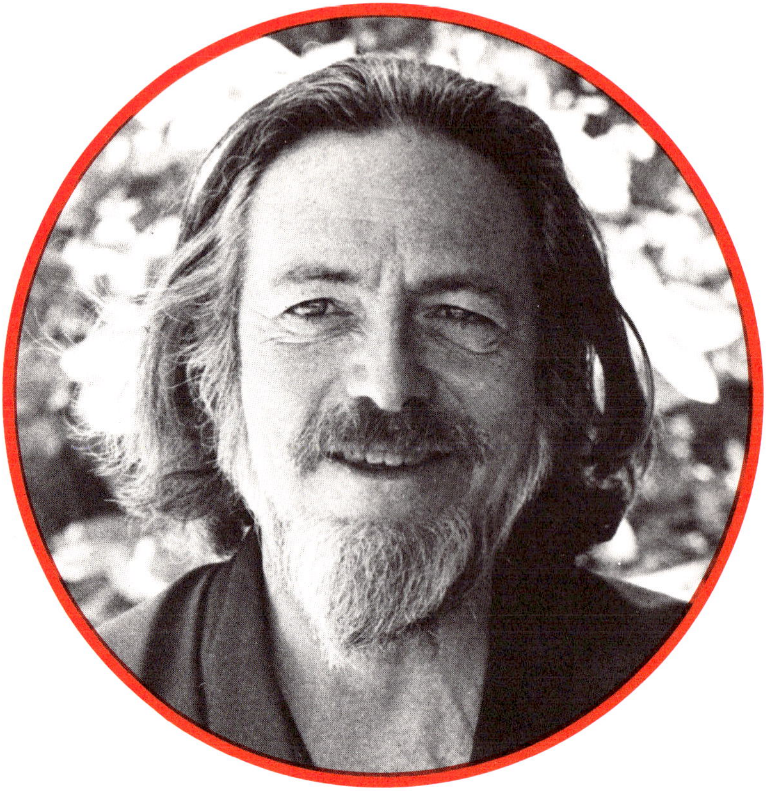

Seit mehr als 30 Jahren geniesst Alan Watts als Religionsphilosoph, Psychologe und einer der besten Kenner der indischen Philosophie und des Zen-Buddhismus einen Ruf als hervorragendster Vermittler östlichen Gedankenguts an den Westen.

Watts wurde 1915 in England geboren. Er besuchte die King's School von Canterbury. 1938 liess er sich in den USA nieder, wo er sich den Master's Degree für Theologie erwarb und ihm in Anerkennung seiner Arbeiten auf dem Gebiet der vergleichenden Religionswissenschaft der Ehrendoktor verliehen wurde. Er betätigte sich als Herausgeber, anglikanischer Priester, Radiovortragender, Schriftsteller und Redner. Er war Mitglied der Harvard Universität, Professor und Rektor der Amerikanischen Akademie für Asiatische Studien in San Francisco sowie Berater zahlreicher psychiatrischer Institute und Kliniken, unter anderem des C. G. Jung-Instituts in Zürich.

Alan Watts verfasste über 25 Bücher, sein erstes, «The Spirit of Zen», bereits im Alter von 20 Jahren. Während seines ganzen Lebens unternahm er längere Studienreisen in den Osten, vor allem nach Japan. Alan Watts, der ein begeisterter Koch war und sich für Gesang, Tanz und Kalligraphie interessierte, war ein enger Freund von Timothy Leary und Richard Alpert (alias Baba Ram Dass), mit denen ihn die gemeinsame philosophische Grundhaltung sowie – vor allem während der 60er Jahre – das Interesse an der experimentellen Erforschung bewusstseinserweiternder Drogen verband («Die Kosmologie der Freude»). Alan Watts starb 1973.

Das vorliegende Buch sowie die übrigen acht Bücher der neunbändigen Serie basieren auf einer Reihe von Vorträgen, die Watts in seinen letzten Lebensjahren gehalten hat.

DIE ESSENZ VON ALLAN WATTS

Band 1 **GOTT**
Band 2 **MEDITATION**
Band 3 **NICHTS**
Band 4 **TOD**
Band 5 **DIE NATUR DES MENSCHEN**
Band 6 **ZEIT**

Im Herbst 1977 erscheinen
Band 7 **DAS KOSMISCHE DRAMA**
Band 8 **PHILOSOPHISCHE FANTASIEN**
Band 9 **EGO**

AUS DEM VERLAGSPROGRAMM

Aleister Crowley
Astrologick
Des grossen Meisters Studien
zur Astrologie
263 S., zahlreiche Abbildungen
geb. DM/Fr. 34.–

Alexandra David-Neel
Leben in Tibet
Kulinarische und andere Traditionen
aus dem Lande des ewigen Schnees
96 S., zahlreiche Abbildungen
brosch. DM/Fr. 24.80

Pierre Derlon
Hexern und Zauberern
Die geheimen Traditionen
der Zigeuner
222 S., zahlreiche Abbildungen
geb. DM/Fr. 36.50

Märchen aus Nepal
141 S., 11 Abbildungen
geb. DM/Fr. 28.–

Lila
Das Kosmische Spiel
133 S., farbiger Spielplan
geb. DM/Fr. 38.–

Sergius Golowin
Die Welt des Tarot
Geheimnis und Lehre der
78 Karten der Zigeuner
390 S., 101 Abbildungen
geb. DM/Fr. 38.–

SPHINX VERLAG BASEL